KB120610

당신의 등은 엎드려 울기에 좋았다

시작시인선 0259 당신의 등은 엎드려 울기에 좋았다

1판 1쇄 펴낸날 2018년 5월 4일
1판 3쇄 펴낸날 2019년 10월 28일
지은이 황종권
펴낸이 이재무
책임편집 박은정
편집디자인 민성돈, 장덕진
펴낸곳 (주)천년의시작
등록번호 제301-2012-033호
등록일자 2006년 1월 10일
주소 (03132) 서울시 종로구 삼일대로32길 36 운현신화타워 502호
전화 02-723-8668
팩스 02-723-8630
홈페이지 www.poempoem.com
이메일 poemsijak@hanmail.net

ⓒ황종권, 2018, printed in Seoul, Korea

ISBN 978-89-6021-369-2 04810
　　　978-89-6021-069-1 04810(세트)

값 9,000원

*이 책 내용의 전부 또는 일부를 재사용하려면 반드시 저작권자와 (주)천년의시작 양측
의 동의를 받아야 합니다.
*잘못된 책은 바꾸어드립니다.
*지은이와 협의 하에 인지는 생략합니다.
*이 책의 국립중앙도서관 출판시도서목록(CIP)은 서지정보유통지원시스템 홈페이지(http://
seoji.nl.go.kr)와 국가자료공동목록시스템(http://www.nl.go.kr/kolisnet)에서 이용하실 수 있습니
다.(CIP 제어번호: CIP2018013987)
*이 책은 2018년 아르코문학창작기금의 수혜를 받아 발간되었습니다.

당신의 등은 엎드려 울기에 좋았다

황종권

천년의시작

누구에게나 그런 밤은 있겠지. 상처 없이도 아물지 않는 밤. 아프다고 적을수록 어떤 문장도 못 쓰는 밤. 아프지 않으면 아프지 않아서 불안한 밤. 불안은 누구도 구하지 못해 애써 이불을 덮는 밤. 잠들었나. 잠은 들었나. 잠 자체가 꿈인 밤. 꿈꾸는 것이 모진 자신을 확인하는 일이라 속눈썹이 길어진지도 모르는 밤.

어쩌면 별자리를 갖기도 전에 당신을 부르는 밤이 있었으니
제일 아픈 건 나였으나

당신의 등이 울음의 끝이라고 미리 쓴 적이 많았다.

차 례

시인의 말

제1부

해 설

제1부

벽의 자세

방 모퉁이마다 손금이 번져 나왔습니다. *그게 우리 운명이야.* 못을 박기 위해 오빠는 망치를 들었습니다. 나는 오빠보다 한 뼘 더 자라기 위해 뒤꿈치를 들고, 사실은

발레리나의 흰 발목들을 버리고 있었습니다. 오빠라는 감정을 알기 위해 나는 더 오빠가 되고 손바닥을 비비면 미리 예감하는 주름이 쏟아지고

벽을 칩니다. *그게 네 벽이야.* 벽을 칩니다. *그게 네 병이야.*

입술을 파랗게 만드는 색소 사탕을 물면 어른이 될 것 같은데 벽지에 낙서를 하면 운명을 망칠 것도 같은데 왠지

박수 치는 소리가 들려왔습니다. 흰 발목들이 벽에서 튀어나와 못 박는 소리로 늙어가고 있었습니다.

벽이 물고 있는 못들은 일제히 휘어가고, 오빠는 쉴 때에도 옆구리를 세웠습니다. 나는 오빠를 도둑발로 넘어 다닌다고 자주 혼났습니다. 사실은

빈 액자들을 벽에 걸어두고 싶었습니다.

미리 살아버린 벽들을 이젠 다

자세, 라고만 불러주고 싶었습니다.

나의 여동생에게

천장에 화단을 가꾸었으면 좋겠어

꽃을 말고 별을 심었으면 좋겠어

오래 눈 감고 있으면 틈을 비집고 나오는

현기증 같은 풍경을 바라봐 줄래

거기 허공을 디디며 너를

바라보는 가엾은 병명들

우리는 끝내 별자리에서 죽는다는 것을 기억하자

완벽한 발자국

걸음을 부르는 곳이 자꾸 물속이었다
물결이 붕대처럼 풀려 나오고
개켜놓은 양말이 먼저 젖기도 했다
텅 빈 배 속
바람이 쌓일 때마다 한 아이가 풍선을 놓쳤다
떼죽음당한 물고기의 눈이 빛났다, 어쩌면
가까이에서 걸어오는 눈빛은
눈동자가 아니었다
걸음을 참았다
어둠은 발등부터 부어올랐다
걸음도 오래 참으면 수압을 가질 수 있는 건가
무릎이 펄펄 끓었다
얼굴이 쉽게 빨개지고
거울을 보면
뜨거운 지느러미가 파닥거렸다
결국 예쁠 것이 하나 없었다
거꾸로 걸어가는 아줌마들과 마주칠 때마다
사람은 자신의 등만을 쫓으며 사는 것 같았다
건널 수 없는 바닥은 늘 발등
구두를 벗으면

강물에 얼굴을 처박고 싶었다
왜 사람은 머리부터 나왔는데 발로 걷게 된 것인지
얼굴에 죽은 물고기들이 흘러넘치고 있었다
관 속에 얼굴을 처박고 싶을 때가 잦아지고, 언제나
얼굴만큼 완벽한 발자국이 없었다

뿔

바위에게 이끼는 뿔일지 모른다

얼굴에 푸른 점이 그득한 애인이 있었다
사람들은
달이 숨죽인 풀독이 올랐다고 했다

깜박 잊은 어제의 표정이
소문으로 떠돌기 시작하면
나는 은유가 긁적이는 세계가 무서워진다

점이란 점은 죄다 돌로 눌러놓았는데
강물에 씻겨 가는 돌에도
뿔이 자라고 있었다

무엇이라도 들이박고 싶을 땐
뿔이라도 있어야 하는데
물살 찢는 뿔이 있어야 하는데
밤에 본
애인 얼굴엔 푸르스름한 것이 돋아났다

멍은 아니었지만
아무렇게 던진 돌이 그려놓은 무늬였나,
푸른 멍이 되고 있었다
들이받는 일로 사랑의 물꼬를 트는
뿔 같은 봄이 가끔 밝아지고 비명을 지르곤 하였다

고양이면 다 된 거지

고양이 혀 속에는 호랑가시나무가 자란다고 했다
가시잎이 야성으로 뻗치면
보드라운 햇살을 빌려 그루밍을 한다고 했다

고양이 눈에는 올리브빛 별자리가 녹아있다고 했다
눈 어두운 것들이
그믐에도 길 잃지 말라고
지붕 위를 사뿐하게 걷는다고 했다

누가 말해 주지 않아도
고양이 발은
봄빛 곤히 들어간 꽃잎,
새침하게 나비를 튕겨내기도 하지만
잠 못 드는 계절을 쓰다듬어주기도 하지

가만히 있어도 나를 뛰어넘는 고양이,
아름다운 의미가
아지랑이처럼 사라진다 해도
털끝 하나 건들 수 없는

고양이가 뭐냐고 묻는 당신,

그건 나도 모르고

그냥,

고양이면 다 된 거지

뺨이 길어지는 오후

가시덤불로 뺨을 부비고 싶었다 참혹이란 말의 내부에서
성곽이 무너질 때

소매 한쪽이 물들었고, 그걸 균열이라고 발음하면
팔이 부서져 내리고 있었다.

부르면서 가까워지는 호칭은
사랑을 이루는 호명이거나
혀 돌기로 솟구친 쉼표가 되거나
폐허로 무너진 세계를 최대한 느리게 입에 담는
농담이 되었다

농담을 아메리카노 한 모금으로 적실 때
잇몸이 뜨거웠다
나는 한참을 등 돌린 그림자로 있었다
그림자에는 속눈썹이 긴 짐승이 살았다

어떤 소문은 숙연하도록 엎지르는 물이 되었고
뺨을 자꾸만 길어지게 하였다

그런 오후, 나는 당신의 심장 속에서 첫눈이고 싶었다
기묘한 감정을 수집하는 래퍼가 되고 싶었다

사소한 애인

얼굴 없는 네 목이 짧아지고 있다
웃어라,

입가에 맺힌 네 꽁초를 내가 다시 주워 피우겠다.
열리지 않는 문에 쭈그리고 앉아 다시 피우겠다.
웃자고 한 짓을 죽자고 덤비겠다.

첫 번째 애인이 사 준 시계를 차고
두 번째 애인이 사 준 초록색 니트를 입고
세 번째 애인이 사 준 지갑을 열어
단 한 번에 널 사랑하겠다.

사랑해,

구름 곁에 쓴 문장이
빗방울로 빗방울에서 벽으로 벽에서 곰팡이로
푸른 빈혈을 쏟으며 나 기꺼이 소용돌이 속으로 도망치
겠다.

멀어지거나 잊히며

손가락으로 필터를 툭툭 치며

가벼운 잿더미 위에서
눈 위에 사르르 녹는 발자국 위에서
익명으로서만 떠오르는 무늬 위에서

사랑해 사랑해 사랑해 여러 번 말해도
단 한 번에 널 사랑해

입가에 묻은 재의 맛을 보며
네 얼굴은 사라지고
표정만은 구체적으로

입술이 지워지도록 웃고 또 웃고 웃고
없는 멱살을 잡고 나 기꺼이 손목 하나를 버리겠다.

네가 짓눌러 밟은 꽁초를 주워 피는 나에게
불 꺼진 네 집, 숨죽인 문에게
가라앉는 새벽안개와 노란 신호등에게

웃어라,

언제나 너와 있는 것보다
사랑보다
지금 몇 시인지가 궁금했다.

스키드 마크

우리는 눈썹이 짙은 사람을 찾아갑니다. 밤이 충분히 짙어지도록 묻지 않는 것이 우리의 질주. 질주였으므로 다만, 사 차선에서 일 차선으로 혀들이 갈라지는 것을 본능이라 여겼습니다. 바퀴가 불타고 있습니다. 우리는 왠지 감정적이지만 아무도 무릎을 커브라 생각하지 않습니다. 다만, 눈썹이 짙은 사람을 찾기 위한 질주. 광폭타이어가 어떨까요. 누군가 도로를 덮는 안개처럼 흐느꼈지만 답하지 않는 것도 질주였으므로 질주. 어둡도록 흐느끼는 도로에서 누군가 다시 마른 혀를 내밀었습니다. 이렇게 어두운데 눈썹이 짙은 사람을 알아보기는 할까요. 묻지도 답하지도 않는 것이 우리의 질주. 다만, 질주였으므로 입속이 타들어 가도록 고함만 질렀습니다. 죽은 타이어에는 꽃을 심기 적절합니까. 죽도록 달리면 오롯하게 피어나는 겁니까. 우리는 질주하는 관 속에서 눈썹이 짙은 사람과 키스를 나누고 질주. 그러니까 질주는 우리를 멈추게 하는.

낙법

굽은 등을 둘둘 말아

바닥을 둥글게 안고 싶어라

고양이는 높은 곳에서 떨어져도 죽지 않겠지?

주름이 뭉친 자리

줄무늬 고양이가 털을 핥고

나이가 짐승이니 짐승이 세월이니

담을 쌓으며 담을 오르는데

아아, 왜 오르지도 않았는데 무릎이 먼저 녹는 걸까

입가에 흘러내리는 흰죽

왠지 썩는 냄새가 가장 안전한 낙법 같고

소매의 영역

밤은 천 개의 소매를 가지고 있다고 했으나
울음이 그치지 않았다

죽지 않는 빗속에서
소매에 얼굴을 묻는 아이가 있다
침범할 수 없는 경계가 소매에 잠기고
저녁은 신앙으로 녹아들어 간다
어두워지는 건 독백일까 유기일까
신이 버린 속눈썹 같은 고양이가
쓰레기 더미를 헤집고
아이는 소매로부터 뻗어 나와
소매에 갇힌다

울음소리가 깊어지면
불씨 섞인 기도가 창궐했다고 하고
소매가 까맣게 썩어들었다고 하지만
그 누구도 소매의 영역에
무엇이 잠겨 있는지 모른다

달콤한 독백

검은 독백들이 빗금을 치는 밤이다. 젖은 이마마다 죽은 구름이 주저앉고, 나는 벙어리 등을 핥는다. 혀의 돌기들이 죄다 손톱이었나, 점자책 몇 권을 태우고도 칠판 긁는 소리가

오늘도 능이 먼저 운 서야. 무릎을 끌어안으니 둥이 흰 눈덩이처럼 불어난다. 머리끝까지 차오르는 그러니까, 그것은 물이라기보다는 비곗덩어리 아니, 비곗덩어리라기보다는 헤프도록 불붙는 내 집이라고

나는 이별이 달콤해 케이크에 촛불을 붙이고, 그래 달콤해 집을 다 태워먹고, 귓밥이 단단해지는 것인데

사실 나는, 귓속에서 절절 끓는 설탕물을 원하고 인간들의 목젖이 사탕으로밖에 보이지 않는데, 벌레들은 다 어디로 갔나. 고개 숙인 가로등만 어둠을 좀먹고

제발 시럽 듬뿍 묻은 막대 사탕을 두고 떠나줘 아니, 떠나지 마. 문득 내 입술만 달콤해지고 있다면 목이 꺾인 꽃을, 네 갈비뼈를, 내 등에 꽂고 귀먹은 새들을 불러줘.

썩지 않는 귓밥들이 달에 끼면서 다시 독백은 시작되고
사탕, 사탕, 사탕 발음을 삼키며 흰 설탕은 흘러넘치겠지
만, 그게 꼭 네 입술이 쏟아지는 것만 같아 나는 내 혀를 녹
이면서 널 들을 수밖에 없겠지

제2부

구름 열매 능력자

나를 생략한 편지를 구름 곁에 써도 진짜 눈은 내릴지니. 굳은 비곗덩어리 같은 흰 짐승이 등을 할퀴면서 피와 뼈가 생길지니. 무시하기엔 너무 가깝고, 가깝다 하기엔 너무 상한 탯줄을 끌고 오는 능력자.

살구나무에서 구름나무로 새가 날아가는 동안 의사는 슬픔의 총량을 구했나, 구름 속에 나이테를 꺼내면서 나는 가죽 시계를 잃어버렸다. 손목에 난 흰 줄무늬 같은, 고양이가 자꾸 애 잃은 미친년 흉내를 내는데, 엄마를 걸고 울면 사람들은 엄마처럼 해주나. 울면서 닿을 수 없는 것은 늘 능력자에게.

구름이 구름을 덮어봐라. 내가 가진 무덤들에 문이 있을 리가 있나. 아 씨발, 아이의 손톱을 다독이면 정말 살구 맛이 났다니까요. 의사는 이번 생도 울음을 추월하면서 그늘을 던졌지. 구름의 피가 창가에 엉겨 붙은 자리. 손으로 발자국을 찍으면 코와 입이 걸어 나갔으니. 돌아오지 않는 아이가 뼈를 갖기도 전에 구름 열매는 쏟아진 셈. 진짜 능력자 같으니라고.

몽돌 요람과 무덤

저녁엔 몽돌에 밟히지 않도록 조심해서 걸어야 한다

몽돌이 날개 접은 학이라는 것은 아무도 모른다

어쩌면 나는,
물수제비 넌지는 꿈을 꿰러 이 저녁을 걷는 것이다
저 먼 곳의 별자리들은
초저녁 감기약에 빠진 듯 내 몸에서 깜박 졸고
학 날갯짓 소리는 빗방울로 튀어 오른다

빈방을 가진 해변의 여관들,
푸른빛 커튼 바다를 두르고 있어
산책이 끝날 즈음에는 발목을 덮는 달빛을 불러들이고
있으리라

몽돌에 물빛 번져가는 소리,
그건 학이 우화하는 소리가 아닐까
학은 날개에 수심을 숨기고
건너편에서 튀어 오르는 별똥별을 보고 있다

찰박찰박 허공에서 징검돌이 건너오는 소리,
당신의 돌무지를 나는 요람이라고 부른다
물고기 숨을 물고
영원의 다른 무늬로 날고자 파도에 동그랗게 깎인 몽돌들,
그림자 가라앉히고 노을이 번질 때까지
먹먹한 무덤이 되고 있다

물결이 물결을 부르다가 흠뻑 젖은 저녁,
나는 내내 날고자 하는 몽돌의 꿈을 꿰고 있었다

장미가 준 바닥

바닥이 일제히 각을 세우자, 무릎이 예리하게 빛났다

무릎이 칼끝에 가까워지면
피를 쏟고 싶어 장미를 쥐었다
장미는 꺾이도록 아름다운 계단이었나
관절이 뜨거워질 때마다 가시가 뻗어나갔다

핏발 선 노을이 허기 가득한 비문을 새길 때까지
가시는 끝없이 뻗치고
당도할 곳이 없어 각을 세우는 바닥,
목을 겨누는 칼이었다가
부들거리는 계단이었다가
혼 빠진 오르간이었다가
죄다 가시덤불이 되고 있었다

검붉게 익어가는 저녁을 걸어보았다
헛것이 낭자한 구름이 백태가 낀 달빛이
가시덤불에 뒤엉키고 있었다. 가시덤불 따위
한낱 구겨진 종이 뭉치에 지나지 않는다고
칼끝이 반짝였지만

무릎이 꺾인 저 가시덤불이 왠지,

장미가 준 바닥이었다

절벽의 섬

배 한 척 기댈 곳 없다 수심을 알 수가 없다
동백꽃만 절벽에 기대어 산다

섬을 짚어내는 물새 발자국
초저녁으로 번지는 동백꽃빛
기고 걷고 뛰며 날고 있다
동백은 산길을 가다가
눈이 멀었나, 끝없이 내몰리는 절벽에서
피가 검어지기도 했다
붉은 치마, 검정 저고리로
불씨가 섞인 감성돔 산란기를 덮어주었다

오늘도 물속으로부터 동백 그늘은
지상에서 먹이를 구해
무리 지어 춤을 추는 감성돔을 키우고 있다
저 수면에 어른거리는 별빛이
감성돔의 숨구멍이었나
동백이 살고자 하는 곳이 절벽의 섬인데,

이제는 감성돔 아가미에서 붉은빛을 헤집고 산다

누군가의 병

엄마는 뒷모습을 흘리지 말라고 했다

어떠한 변명으로도

젖은 눈을 들키지 말라고 했다

나이 서른이 되어서야 청춘이 치명타라는 것을 알았다

어쩌자고 나는 주먹이 쏟아지는 링 위에 서 있는 걸까

불빛이 먼저 나를 때린다

주먹을 뻗자 부서질 것밖에 없다

나는 이 세계를 부수고 싶은 꿈이 있었다

회초리를 맞은 게 엊그제 같은데

계속에서 날뛰고 있었다

주술적 비

제단에 내리는 비는
상스러운 질문을 받아 적기도 하지만
멸시할 수 없는 징후가 축축해
눈동자에 고이기도 한다

우리는 잉크 한 방울로 점을 치는 무당들
치성드릴 문장이 없어도
눈물과 곡과 춤을 가진 긴 여백
함부로 물들지 않는다
젖지 않는 수식을
신의 이마에 떨어뜨려 본다
불현듯 빗소리가 어두워지고
보이지 않는 것이 그림자를 드러내는 저녁
묵시가 된 눈빛이 번지는 중이다
점괘에 대해 발설하려는 자들은
텅 빈 책이 되거나 헛것이 되고
동공이 풀리는 주술이 오고 있다

비,
훌쩍거리는 믿음으로

운명도 지울 것 같은 비,
구름을 숭배하는 우리는
아무도 울지 않았지만
이슬보다 투명한 눈물점을 가지게 되었다

내 귀에 못 하나 생길 무렵

은적사 뒷방에서 빗소리로 귀를 씻는 가을밤
빗소리는 추락하기 위해 구름에게 몸을 빌린다고 했다

가을은 떨어지면서 탱자나무 가시에 맺히고
물방울 그림자는 또 미끄러지면서
좁쌀만 한 흙에 기대어 천川으로 흘러가고

내 귀에 닿기 직전의 빗소리는 은적을 닮았다

빗방울이 귀에 모이면
비의 발목들이 대숲을 이룬다고 했지
대숲으로 가는 산문 하나 세운다고 했지

산문 밖으로 나가는 것들은 발자국을 가졌다
탱자 껍질이 조용히 말라가고 있는 방
톡톡 씹히는 향기도 있다
물고기 입 모양의 코가 뚫린다

뼈가 헐거운 파문들이 못을 이룬다
마지막 거미집마저 빗소리가 헤집어놓을 때

비는 하늘 높이 적막을 던진다

지금은 내 귀에 못 하나 생길 무렵

방아쇠 없는 세계

세상의 모든 총들이 방아쇠가 없다면
탄약 창고엔 탄약 대신 읽어야 할 시집이 가득하다면
행운을 접어놓는 평화가 갑자기 침침해진다면
군인들은 이제 군화를 벗어 던지고
그냥 가거나 오는 것도 없는 국경의 밤을 생각할지도

방아쇠 없는 총에겐 가늠쇠가 없고
총구가 없고 결론은 그냥 총이 하나의 만년필이 되었다
는 거

나는 만년필로 금방 사라지는 것들을 봐버렸다
볕이 범람하는 창의 자명함을 이해할 수도 있고
한 모금의 커피가 주는 아름다운 질문을 받아 적기도 했다

나는 만년필이 누군가의 목숨을 가져간다 해도
의심하지 않는다 재가 된 구름들이 밀려온다
적막이 된 만년필 앞에서 나는 불에 타는 것들을 생각
했다
비가 내린다 누군가 책을 베끼고 있는 소리다
멀리 가는 군화들이 그림자를 짚는 소리다

더 이상 죽은 자가 없으니까 만년필은 썩어

싹이 나고 줄기가 잘 자랐다

격발은 이렇게 명료한데

어떤 총성은 자유를 상징한다는데

더 이상 테러리스트가 없는 이 극명한 세상

시 쓰는 것이야말로 누군가를 격발시키는 일

검지 없는 자들은 죄인들이었지만

나는 방아쇠 없는 이 세계가 좋아서 매일 입안에 침을 고

이게 했다

숨이 붉어지는 방

붉은 여우가 왔다 일출이 절벽을 딛고 오기 전에 왔다 목덜미 가진 것들을 파헤치고 왔는지 주둥이가 붉었다

마을에서는 볏이 붉은 것들 몇 마리가 사라졌다고 한다 지붕에 발자국이 찍힌 것으로 보아 수컷은 아니고 암컷이라고 했다 붉음과 어둠의 경계에 산다는 동백이라는 소문만 들렸다

여우는 향일암 염주를 물고 천 년을 내딛고자 했다 그러나 물고기들 풍경 속에서 헤엄칠 때마다 짓뭉그러진 입술과 타다 만 향기가 절벽을 키우고 있었다

세상의 그 어떤 해일에도 더럽혀지지 않는 것들이 있다 절벽의 힘으로 몸에 붉은 기운을 밀어 넣는 것들이 있다

제 배설물을 꽃잎으로 바꿔놓는 붉은 여우, 그늘에 들 듯 제 영혼을 동백으로 씻고 있다 저건 그냥 막막한 나무일뿐인데, 봄밤이 들어가는 문이다 들어가면 숨이 붉어지는 방이다

신호등의 뺨

우리는 전혀 다른 색으로 훌쩍거리는

피 냄새를 맡고 있었지만

핏줄을 태우는 구름 앞에서 부동자세였다

학대받지 않는 도로는 없었으므로

미신을 능가하는 속도가 우리의 상처였다

상처에 빛이 고이면

깜빡거리는 뺨이 되었다

촌년의 은유

오직 촌년의 이름으로
저녁이 흘레붙는 몸이었다.

개켜놓은 속옷을 자주 잃어버렸고
곱게 접은 관절 속에서
이불을 긷어차고 있었다.

다른 몸에 있어도

또 피부가 검어졌다.
그건 도시가 아닌가.
가장 고루한 체벌이 아닌가.
살갗에 어둠이 걷히지 않았다.

너무 자명한 것을 보면 살 섞는 일에 능란해지고
수돗물을 들이켤 때마다
맑어지는 것을 체위라고 불렀다.

신음이 창궐하는 뻘밭, 주저앉은 섬, 꼽추 등에 언 발
을 푸는 물새, 더럽도록 짠물, 뻘배가 지나간 자리, 질퍽

한 햇빛

일평생 멸시할 은유를 그러모으고
나는 그 어디도 가지 않았다. 결국,

오직 나의 발목으로
가랑이가 차가운 빌딩 사이를 걸었다.
무릎이 뜨거웠다.
땀이 났다.
짠 내가 났다.

은유가 증발할수록
도시의 속내에 가까워지는 거라고
마음보다
몸을 묻는 일에 뜨거워지고 있었다.

죽지 않는 여름

피가 마르는 배롱나무, 그늘을 켜고 있다

나이테는 빗소리로 그려진 텅 빈 금관악기
비는 나무 안쪽을 짚어보려
이목구비 없는 얼굴을 두드린다
맑았다 어두워지는 빗소리
이내 서 있는 나무 우산에 잠긴다

우산은 죽어서도 피가 돈다는 묘혈,
꽃이 아닌 내부를 불태우는 것인데
죽어가는 비는 잡힐 대로 잡히는 허공을 적시며
봄이 그렇듯
오랫동안 그늘을 뜬다, 악기처럼

어떤 비는 투명한 지붕을 쓰기도 하지만
비, 비가 받아 적는 문장은 흙탕물만 탕진 중이다

젖고 싶었다
쏟아지는 자세로 뿌리를 내리고 싶었다
그늘이 불었다가 아예 타들어 가는 자리를

여름이라 불렀다
매미가 죽어, 검은 머리가 마를 때까지
비는 들추기 위해 그늘을 들이켠다

해가 떴다, 몇 년 동안의 우기에도
피가 마르는 여름이 죽지 않는다

무기명 애인

무기명으로 받은 소포들이 쌓이고 있었지. 계단, 계단들처럼. 나는 무릎을 끌어안고 계단 속 발자국 소리를 듣고 있었지. 서표, 읽지도 않은 책에 꽂아둔 서표들처럼

처음 나랑 잔 애인은 누구였지. 난간에 기대니 계단은 풀어지는데. 소포 속 발자국 소리가 미끄러질 때마다 계단은, 계단을 지워내는데. 묻고 싶다. 하룻밤 애인이 있긴 있었니.

애인들은 일제히 고무줄을 끊고, 어둠이 튕겨 나갈 땐 술을 끊고, 나는 손톱을 기르고 있었지. 내가 울었어, 내가 울릴 거야. 자꾸 브래지어는 부드러워졌지.

클럽에서 처음 본 애인들은, 언제나 어디서 많이 본 얼굴이었지. 내 손은 분주했지. 많아졌지. 나쁜 것은 헤프도록 헤프게. 애인 아닌 것들만 가끔 물었지. 내 진짜 이름은 뭐냐고.

미친 것! 난 이미 실명을 밝혔다구.

무기명으로부터 달아날 때마다 소포들은 쌓였지. 계단은 부풀어 오르다 빵빵 터지기도 했지. 처음 본 애인들에게 전화를 걸어보지.

나야 나!

실명을 밝힐 때마다
나는 계속 반송을 당했지.
계단이 쌓인 순서조차 기억이 없지
나는 진짜 애인에게 전화를 걸어보지.

나야 나!

제3부

둥지가 없는 것들

나는 옥탑이 새라고 믿는 천진한 사람
깃털이 허공의 뿌리라고
구름에 은둔하는 사람
두 발을 땅에 묻고 싶어
이리저리 나부끼는 사람

오늘도 아파트 시세는 또 최고가를 때리고
비트코인은 바닥을 때렸다지
누군가는 죽었고 누군가는
대출을 받으러 제 신용등급을 까발린다

눈 뜬 채로 한강을 건너며 나는
우리가 있을 곳을 둥지라고 읊조렸지만
이자와 월세와 보증금으로
더 뚜렷하게 뭉개진 재개발 지구를 본다

저기가 나의 둥지였던가, 바람과 구름과 비를
은유의 집 안에 가두었던가 나는
당분간 아름다운 시를 쓰지 않을 것이므로
땅에 질질 끌려가는 중력을 느끼며
비정규직으로 출근을 한다

젖은 얼굴

익사한 말들의 방, 술렁거리는 혀가 있다면
그 혀는 취했고 은신처 없는 자세가 되었다

오늘 나의 혀를 눈빛이라 부르겠다
은둔이란 말도 심증이란 말도
혀를 뽑는 나뭇잎에 묻어두겠다

애인은 젖은 얼굴로 와서 아까시나무 잎사귀 하나 뜯고
있다
벤치에 앉아 제 무게만큼 가벼운 잎을 뜯는다,
사표를 내고 다시 실업급여를 받는 일은
허공에 옹이를 채우듯 구름을 몰고 오는 것이라고 했다

빗소리를 부릴 줄 아는 재앙을,
우리는 무당에 가까운 사람이라고 부른다
오늘은 애인 얼굴이 움푹 파인 웅덩이 같다

웅덩이엔 눈물도 고이고
지껄임도 고인다
저기 서쪽에서 오는 구름은 돌아갈 집이 없다

이해보다 오해에 깃든 말로 웅덩이를 메운다

갈 곳 없는 것이 모여 비의 혀를 만든다
축축하기 그지없는 눈동자, 비의 혀
아무도 젖은 얼굴을 눈치채지 못한다

끝내 잊기 위한 것

한 사람을 다 사랑했다는 것

검은 감정이 표정을 내려놓는 곳에서
나는 죽었구나, 죽어서
신도 헷갈리는 질문이 되었구나

울면 살 것 같고, 울면 죽을 것 같은

날씨,

겨우 구름의 조도로 기분을 점치는
고양이가 되고 싶은데
약간씩만 계절을 내보내도

이별의 빛이 바뀌고 있다

한 사람을 다 사랑하려고
이별을 죽도록 바라볼 때가 있었다

탄피수

꽃빛을 찾아 허공을 헤집는 나비,
봄날의 탄피수다

실업이야 한낱 족적을 들추는 일
걸음으로 너무 자명한 허기를 이루었나니

끼니처럼

날카로운 이빨이
덧없는 실탄이어도 되겠다

우리는 뜨거운 상흔에 잠자리를 펼치거나
달빛 드나드는 밤의 속눈썹을
방아쇠로 둘지 모르지만

격발할 봄이 없어

총성 가득한 밤하늘을 보고도
꿈을 꾸지 않는다

이팝나무에 비 내리면

당신은 육지를 떠나기 전이면 뒤뜰에 있는 이팝나무 아래로 불러내곤 했지요. 이팝나무 한 뼘 위를 회칼로 그으며, 그만큼 자라면 온다고 무슨 굳센 다짐처럼 말하곤 했었지요.

하루에도 몇 번이고 이팝나무 아래에서 키를 재어보았는데요. 키 대신 등짝에 파도 소리가 자라곤 했었지요. 해가 기울수록 길어지는 그늘은 내가 미리 살아버린 주름이었을까요. 이팝나무는 꽃을 버릴 때마다 나이테가 늘어갔던 거예요.

먼바다에서 당신 배가 물결을 가를 때마다 일어나는 물살이, 제가 엉덩이 깔고 앉아있는 포구 끝에도 닿는 것일까요. 하얗게 터지는 물살에선 목욕탕 스킨 냄새가 나네요. 바다가 물결을 가두는 것이 아니라, 물결이 바다를 그물처럼 가두고 있단 생각을 했어요. 바다가 당신의 것이 아니라, 당신이 바다의 것이었거든요.

어둠이 달을 꽉 가두고 있는 밤은 비가 내렸지요. 어김없이 부엌은 생선 굽는 냄새에 몸살을 앓았고요. 저녁상에

올라온 민어를 뒤집다가 손등을 얻어맞기도 했어요. 하늘에서도 물고기가 튀는 것일까요. 유리창에 맺히는 빗소리에선 심한 비린내가 나요. 그런 날은 이불 속에서 뒤척거리는 일도 조심스러워요. 나는 당신에게 수평선을 그어주던 아이였을까요

당신의 주름을 팽팽하게 잡아당기던 달의 인력이 오늘 밤은 시린 손가락으로 내 발목을 잡는걸요. 밀물 든 바닷가에선 빗소리가 주저앉고요. 잃어버린 당신의 키는 언제쯤 만조를 이룰 수 있을까요. 사리와 같은 당신과 나와의 거리에선 빗소리가 쌓이지요. 비가 오는 밤은 달이 이빨 아픈 꿈을 꾸는 건가 봐요. 이팝나무에 빗소리를 그어놓으면 우린 한 뼘 지워질 수 있을는지요.

짐승으로

당신의 바닥은 끝없이 배열된 건반
엎드려 울기에 좋았다

악보 없이도 무덤에 가깝고
무덤 없이도 음악에 가까운 악기,
그것은 당신의 등이었다

발목이 부서지는지도 모르면서
무언가를 전개하려고 할 때
상한 보도블록에 비가 쏟아졌다

강물이 되고 바다가 되고 다시, 구름이 되는 비
당신은 짐승이 털을 털듯이 허공을 견뎠다
눈보다 등을 미리 보는 일
다치지 않는 빛을 보듯이

물먹은 가로수가 그림자를 길게 뻗는 저녁,
젖은 머리칼 냄새를 맡으며 우리는 키스를 나누고 있었다
성한 곳도 없는 표정은
가보지 않아도 미리 알아버린 지도였으므로

가장 물기 없는 형식의 체벌이라 믿기로 했다

물속의 손금이 보였다 나뭇잎이었다 물결도 능선을 가
지나,
　사람의 등줄기에 잔주름을 긋는 폭우
　바닥은 자신이 과녁인 양 활시위를 켰고
　빗소리는 견디도록 엎드려 흘렀고,
　우리는 짐승으로 전개되고 있었다

상자의 유언장

죽은 화분에 물을 주었다

물로 썩어가기 좋은 뿌리는 흩어지기 위해
그림자를 둥글게 말고 있었다
뒤꿈치의 힘으로 앞을 가야 할 때가 있었다

가령 관이 그러하였다
잠깐의 배웅은 상자일 뿐인데 저녁이 들어가는 그림자,
각을 세우는 감정이
울음이 되기도 했다
단단해지는 허공을 들어앉히듯
상자는 그냥 톱밥 날리는 나무가 아니었다
우리는 나무 잎눈으로
서성거리는 죽음에게 미신과 기도를 부여하지만
부여할 영혼은 상자에 없었다

발끝이 절벽이라고 불렀던 순간들
상자에 상자를 더하며 발톱을 쏟아낸 저녁들
딱히 유언이라 할 것이 없는 상자를
우린 못 박힌 관이라고 불렀다

상자의 무게만큼 비어 있는 것은 저녁도 아니고
곡도 아니고 검은 나비와 거미도 아니다

물푸레나무 언덕

툭, 별을 세어볼 때가 있다

심줄이 단단해지는 달의 인력을 딛고 지느러미 붉게 돋
아난 물고기들도 있어

물푸레나무 언덕으로 가면, 숨이 트이는 저녁이 보였다

바다를 건널 수 없었지만 유도복을 입고 업어치기를 하면

저 멀리 하늘과 땅이 갈라지곤 했다 물푸레나무를 몸에
들이면 근육이 더 단단해질 거라고 믿었다

오늘은 세 번 무릎이 꺾였고 손목이 돌아갔으나 부러지
지 않았다 나는 강철을 아비로 두었던가, 아니 물푸레나무
가 몸속의 피로 흐르고 있었으니

다시 몸을 접어 익히기 자세를 취한다

그늘을 놓아주니, 물푸레나무 언덕이 나를 힘껏 당기라
고 말한다
내 몸은 나무와 섬이 이어져 있는 언덕이었다

혈변

앞을 생각하면 뒤가 치미는

사직서는 구겨진 얼굴로 변기에 쪼그려 앉아있다

죽을 일은 아닌데

언제나 변기 속은 악취가 창궐하고

흉한 물소리가 절절 끓었다

사직서는 피가 거꾸로 설 때마다

흡혈의 과정을 월급으로 이해했다

그러나 직급 없는 것들은

내리치거나 빨기 좋으라고

목이 길어지고 있었다

곡성哭城

피가 빽빽이 들어차 죽어도 죽지 않는 꽃
꽃말을 태우고자 불을 지피는 꽃
황폐한 대지를 울어젖히는 꽃

나는 꽃이 가진 곡성으로
계절의 성곽을 망가뜨렸나니
더없는 불모지를 당신이라 불러도 되겠다

당신,
목이 잘린 사유이거나 실패한 상징
반쯤만 불렀을 뿐인데
천지가 피투성이 사막이다
나는 상처를 주고자 작정했으므로
노을의 한복판에서 송곳니를 드러내고 있다
헐떡거리며 새 떼를 뱉는 구름들,
허공을 담금질 중이다
하나 잿빛 잔해로 흩어질 육체가 없으므로
당신을 발음하는 혀는, 오직
지옥에 머물러 있다

언젠가 들었다

어떤 지옥은 칼보다 꽃이 먼저 자라

이승의 기억을 흩날릴 계제를 얻는다고, 신기하게도

가장 아름다운 꽃잎이 제일 먼저 버져져

지옥의 심장이 된다고

내 지옥이었던 당신,

꽃을 아무리 죽여도 곡성은

향기로 벽을 둘러쌓다 나는 등을 뒤돌아보는

버릇을 갖게 되었다

부엌은 힘이 세고

부엌에서 부엌을 꺼내니까 부엌이 깨지고, 엄만 깨진 부엌들을 줍고, 줍다가 손가락이 깨지고, 깨진 손가락은 피가 나지 않고, 통통 붓기만 하고, 통통 부은 손가락 사이로 기름 묻은 심장이 걸어 나오고, 심장이 마르기도 전에 나는 또 냄비를 태워먹고, 언제 그랬냐는 듯 엄마는 또 밥상을 들고 오고, 들고 오는 모습은 가슴에 잔뜩 힘을 준 보디빌더 같고

나는 목소리를 반납하고 사람이고 싶었던 여자를 떠올리고, 또 술 처먹고, 또 언제 그랬냐는 듯 물거품 물거품이 되고, 엄만 아직도 건널 수 없는 수심을 몸으로만 건너려고 하고, 나는 해장국 끓이는 엄마의 굽은 등을 보며 이불 밖으로 나오지 못하고, 나오지도 못하면서 그릇들이 죽었으면 좋겠고, 그릇들은 여전히 단단하고, 오래 물에 씻겨 차라리 구릿빛이고

부엌에서 부엌. 부엌에서 부엌. 나는 부엌을 헤아리다 헛배 부른 달이었다가, 젖 냄새 나는 구름이었다가, 다시 물거품 물거품이 되고, 배는 늘 고프고, 밤하늘 빛나는 근육들은 일제히 이 빠진 칼들을 쏟아내고, 물거품 물거품은 터지고, 통통 부은 식기들은 언제나 죽지 않고, 또 엄마보다

먼저 일어나 설거지를 하고, 밥을 짓고, 또 언제 그랬냐는
듯 부엌은 한 상 차려져 있고

첫눈의 소실점

이 별은 당신을 떠도는 첫눈이었다
눈빛을 포개면 여백이 쌓이고

무한하다는 길이 지워졌다

신이 지워진,

눈먼 겨울의 한복판에 속눈썹이 남아있었다
무엇이라도 울 수 있을 것 같아
우는 건 신을 견디는 일이라 말했다

뒷모습이 길게 뻗어나갔다

등이 지워질수록 어지럽게 발자국이 찍혔다
당신을 떠도는 전부가
맥락 없이 쌓이는 발자국이라니

사랑하는 이유와 이별하는 이유가
서로 닮아가고 있었다

소실점이었다

첫눈이 내릴 때마다

제4부

사자바위

사자는 없고 소문만 물 밑으로 흐른다

바위는 사자의 기억을 더듬듯 파도를 삼키고

옛 신화처럼 갈매기가 솟구치는 저녁이 올 때

물결에 낭자한 것은 갈기를 닮은 파랑이었다

발톱을 드러내지 않는 작은 평화가 있는 바위,

사자 일출을 보고 싶어

제 표정 잔잔하게 수면을 들이는 사람들

물속으로 뛰어든다 아니 붉은빛이 빨아들인다

뭍에서 사는 짐승의 심장에 송곳니를 박으려고

가장 선연한 피로 하늘을 우러르고 땅을 내려다본다

버블 슈터

새벽 네 시 신데렐라가 옷 벗는 시간, 지겨워 오늘은 클럽에서 서랍으로, 서랍 속을 보며 엉엉 울 뻔했지. 원나잇한 애인들의 손톱이 일제히 검은 건반만을.

부푼 검은 봉지 몇이 내 방 모퉁이를 쥐고 날아오르는데, 늘 같은 구름의 층계에서 빵빵 터지는데, 여전히 난 스피커 앞에서 반음이 모자란 춤을.

링 귀고리 한 애인을 좋아해, 푸른 서클렌즈를 좋아해, 다리 길면 더. 늘 새 애인들은 어디서 많이 본 얼굴을 하고 있지. 혹 첫사랑과 결혼한 친구가, 뷔페에 가면 꼭 알밥만을 찾는 이유가.

구름을 몰고 이 술집 저 술집 다녀도, 어제저녁 같은 비가 내리지 않아, 빗소리를 내는 어플을 켰어. 가로등과 가로등 사이 주저앉은 불빛은 김빠진 맥주 맛. 술독에 빠지려는 사람은 자신의 색이 묽어지길 바라는 것일 텐데. 술에 물을 타도 결국은

그래, 애인들아 나 오늘 또 술 마셨다

그래, 우린 음악에서 다시 서랍으로
서랍에서 다시 풍선으로
그래 모든 시작은 풍선이지 풍선

언제나 똑같은 링 귀고리를 낀 애인들은 언제나 검은 음을 출렁이면서 다리가 길어지고 스카치블루 17년산은 언제나 파도 소리를 몰고 오고 난 또 총 맞은 놈같이 언제나 푸른 눈의 새 애인을 맞이하겠지

도축의 습관

불면을 녹이던 시계를 잃어버리자
잠은 빗금을 켜는 거울 앞으로 나를 데려가곤 했지
빗금은 울음을 쏟아낸 자국이거나
목 졸린 음악의 적의敵意,
온몸으로 뻗치는 핏줄이어서
헐육 같은 밤이 띠돌이다녔지
소멸 없이

우는 것보다 헤매는 것
맹목으로 멀어지는 별이 좋아
운명을 상실한 별자리가 손금부터 자랐지만
손 뻗을 길이 없어 거울은,
핏발 선 내면을 켰지
깨진 조각들이 최초로 음을 짚을 때
왜 잠을 도려내는 침대를 악기라고 믿었을까

눈을 감을수록 예리해지는 꿈,
칼 냄새를 맡아
코끝 찡한 해몽을 배후로 세우는데
나는 완전하게 죽으려고

도축의 습관을 놓지 않았으니

빗금이 켜는 불면을 아니, 육체를
끝내 혼자라고 부르지는 못하겠지

이불집

텅 빈 자리가 적적했던 거라, 기연시 이불집에 갔제, 포주가 삼만 원이면 떡을 친다네. 허허, 요즘 시상에도 삼만 원짜리 이불이 있당가, 난 시퍼른디 할마이 들어오는 거 아니요. 아니어라, 예쁘고 젊은 아가씨이어라. 뭐 어쨌든 데꼬 오쇼. 시답잖은 맘으로 이불집에 들어갔던 것인디,

오메 허벌나게 오진 년이 나자빠져 있네. 포주에게 눈찔 한 번 주고, 오진년 이불을 들칠라 근디. 이불을 꽉 잡아뿌네. 삼맨 원짜리가 오지게 구능가 싶어, 확 이불을 째겼던 것인디, 워메 이 일을 어째야 쓸까, 팔 한 짝이 없네.

오라방, 같은 고향 사람 맹킨디 시피 보지 마쇼. 팔 한 짝 없어도 방댕이 짝은 찰방지요. 어째야 쓸까, 나는 이러코롬도 저러코롬도 못 하고 있었던 것인디, 이불에 박힌 꽃이 쑴벅쑴벅 자라 발목을 잡아뿌네. 오라방 햇살이 고파 죽겠소, 장독마다 허천나게 앉던 햇살 말이요, 징상스러워도 쉬었다 가쇼.

땟국물이 뚝뚝 떨어지는 새벽하늘을 보고도, 부끄럼이 없는 사람은 바닥이 없는 것일까. 나는 돈 삼만 원을 받아들

86

고 이불집을 내뺐다. 문득, 집 나간 엄마가 보고파 중얼거
렸다. 엄마, 기울어진 달의 이마는 꼭꼭 덮어줄 걸 그랬지.

방관자들

당신의 눈동자는 기나긴 악몽입니다
그 눈동자에 빠져 죽은 원한이 가득해요

눈동자는 침묵으로 새까매졌으나
침묵으로부터 관을 짜기도 했으니
눈물 머금은 초상이 한 줌 흙으로 흩어지지 못했다

창밖으로 고요가 어슬렁거리면
혀에 담긴 것은 짐승인데
입속이 얼어붙었다
영혼이라 부르면서 유폐된 함정
사실 그건, 입이 가득한 눈빛인데
아무도 죄를 묻지 않았다
죄가 없으니 구원이 없고
구원이 없으니 눈감을 일이 없었다
그리고 보았다
눈감지 못하는 곳에서
명징한 종교가 태어날 수 있음을
얼굴에 성호를 긋는 별빛이 눈 뜬 채로 죽어갈 때
우리는 두 손으로 기도를 그러모았지만
악몽이 신앙이 되고 있었다

누가 누구를 죽였고 누가 누구에게 칼을 꽂았는지

모두 알고 있다고
일제히 고개를 숙였지만 바닥에는
죽은 쥐 속의 구더기처럼 눈빛만 우글거릴 뿐
원한도 소리도 냄새도 없었다

우리는 서로를 마주할수록
눈동자 속은 덫으로 가득 찼고
헤어 나오지 않는 일을 더 궁리하기 시작했다

거문도 운지법

나는 울음으로 존재하는 검은 섬
어깨를 들썩거리지 않는다
파도 소리를 들으며 자랐으므로
눈 감고도 물고기의 음계를 짚을 수 있다

수면과 허공 사이엔 현이 있어
물고기들은 꼬리지느러미로 현을 뜯는다

기침으로 끌어올릴 것이 없듯이
저녁은 휘모리로 몰려오듯 저문다
고도, 동도, 서도, 삼부도와 백도
첫 날숨을 울음으로 들어앉힌다
그때 나는 다도해 바짓가랑이를 부여잡고
상처투성이를 빨고 있는 중이다

꾸역꾸역 검은 등짝을 말리는 미역들
굳을 땐 굳고 젖을 땐 젖는 율명이다
달빛은 물 능선에 닿아 꼬리를 내리고
어떤 수심으로도 짚어내지 못한
달의 심줄이 물때를 팽팽하게 조율한다

나는 캄캄하게 섬을 키워왔지만

결과 결이 밀어 올리는 파도가 섬의 가락이었음을 모른다

내 몸이 튕겨내는 물 주름이 거문도 운지법이었음을 모

른다

장마

비행운이 새겨졌다 지워진다

새소리도 공중과 헤어지고 있었다

그늘 구석구석마다 이끼가 자랐다

달팽이도 개미 한 마리도 없었다

빨랫줄 위에 물방울만이 걸렸다가 말랐다가 했다

해는 강물에 쓸려 갔다가 피라미 떼를 타고 올라오곤 했다

나의 앳된 사랑이 여관 문 앞에서 들킬 때

우산 없이 집으로 돌아온 날이 많았다

매화가 필 무렵

싸락싸락 파도를 삭힌 홍어가 첫울음을 터트린다

항아리엔 볏짚이 있어 홍어도
겨울도 얼지 않았다

매화꽃 환한 어느 날 저녁
잡어선에서 막 돌아온 사내 하나
홍어삼합을 가지런한 이빨도 없이
콧김 뿜으며 먹고 있었다
핏기 없던 얼굴이 자욱하다

마당 한쪽의 매화나무와
고양이도 작은 명상에 잠기고 있다
젓가락처럼 실눈 뜬 달이
막걸리 잔으로 뛰어든다

잉어의 시간

친구야, 숫자 속으로 깃드는 밤이다. 무릎을 끌어안으면 흰 뼈들이 돋아나고, 이름 없는 계절로 망명하고 싶구나. 내가 등짝에 잉어 문신을 새겨 넣을 때 네가 그랬던가. 우린 서로 다른 수심에서 아가미를 펼칠 거라고

친구야, 한없이 젖은 방에 나는 순서가 되고 있단다. 숫자들은 눈동자를 씻으며 물먹은 달력을 수긍하고. 어쩌면 나는 잉어를 고아 먹으며 수심을 견디고 있는지 모른다. 거친 창문도 햇살을 향해 아가미를 펼치는데, 이끼 덮인 돌이 아직 우리의 심장이라면

시체 곁에서 잠들고 싶다. 칼은 여전히 빛나고. 저승 끝에서도 어둠은 날을 세우는데 친구야, 너를 묻고 나는 내 가족을 생각했단다. 반성을 숫자화시킬 때마다 사람이 몰리고, 용서가 오로지 네 배 속을 찌르던 칼이라면

시계를 땅속에 묻고 싶다. 숫자가 살찌도록 이끼를 키우고 싶다. 시간에도 수위가 있는 것이냐. 세월에도 초침이 있는 것이냐. 깊어가는 미간을 차마, 우리가 살아내지 못한 수심이라 부르지만,

사람이 깃드는 밤은 온다
수심으로 어쩌지 못하는 숫자가 온다

친구야, 잉어의 비늘을 벗기며, 우리가 호명했던 칼끝을
잉어의 시간이라고 부르지만,

번지던 이끼는
살 속에 잠기던 숫자는

사람의 등에 살아남아
차마 살아내지 못한 수심을 건너고 있다

용굴

용굴엔 수평선을 가르는 용이 없다
우리는 용을 본 적이 없으므로
신발 벗어놓은 자리마다 물이 차오르고
물때 놓친 새 발자국만이
오동꽃 쪽으로 화사하게 떠가는 것을 본다

나는 헤맬 곳을 찾아 여기까지 밀려왔다
비문증을 앓는 어둠이 나를 읽는다

용굴 바다엔 칸이 칸칸이 쳐져 있어
물과 색이 나누어져 있다
해안선을 뒤지고 있는 게의 춤을 춰볼까
비릿한 냄새들이 모두 빠져나가는데,
나는 울 만큼 울다가는 파도인 양 애써 빠져나가지 못
했다

꾸물대며 저물어오는 것들아
첩첩하게 접히는 얼룩들아
내 안의 수평선 텅텅 비우는 저녁아

나는 젖고 싶었다 문장을 이루지 못한 것들아

용의 영혼이 빛내는 것은 저 뗏장처럼 떠 있는 섬들이었나

하늘에 떠 있는 검은 검불들이 그득그득 내려앉는다

발가락에 힘을 줄 때

뿌리를 헤아려
발끝을 세우는 나뭇가지

열매나 꽃을 부리기도 하지만
햇살에 제 이름을 다치기도 하지

나는 그늘로
꽃잎의 목발이라도 되고 싶었지만
절름발이로 떠도는 계절이 되고 있었지

육체를 버티려고 흙을 움켜쥘 때
바닥을 꿈틀거리게 하는 발가락,
육체에서 가장 먼 정신이
가망 없는 걸음을 빌려
길을 내고 있었으니

당분간 적어둔다
가난하여 밑을 보이는 날이 많았으나
바닥은 언제나, 잃어버린 발자국으로
봄빛을 틔우기 직전이다

청혼
—가은에게

아름다움을 묻지 않게 되었다

사랑은 어떤 것도 바꿀 수 없는 책이었으므로

밑줄 그을 문장이 없었다

눈동자도 없이

캄캄한 밤을 훤히 내다볼 때

나는 살아가자는 말보다

사랑한다는 말을 먼저 적고 싶어

반지에 오롯하게 너를 새긴다

어떤 여행자

사막의 여행자는 발이 사라진다고 했다 죽은 새에서 뜯긴 허공이 쏟아져 나올 때, 지명이 있다고 믿겠지만,

여행자는 무릎을 꿇고 낙타가 죽은 묘비 앞에서 돌을 세워놓는다

사막에서는 미신이 하나의 감정이 되고
신비롭게도 여행자는 풍경에 사로잡히지 않는다

풍장되는 뼈를 보고 아름다운 고함을 지른다 그 고함은 사실, 죽음을 잊기 위한

자세다 아니다 목소리가 사라질까 봐 뻗어가는 가시다 선인장이 사막을 옮기듯이 여행자는 자기의 내면을 옮긴다

내면 어디엔 낙타가 있겠고 내면 어딘가엔 오아시스를 파는 모래쥐도 있을 것이다

다만, 어떤 여행자도 사막을 무덤이라고 부르지 않는다

해 설

낮은 곳의 언어와 자세의 시학

황정산(시인·문학평론가)

1. 들어가며

영화 〈일대종사〉의 주인공 엽문은 쿵후에 대해 다음과 같이 말한다. "지는 자는 수평이 된다. 최후에 수직으로 서 있는 자가 승리하는 것이다". 모든 존재는 결국 중력을 이기지 못해 수평으로 누울 수밖에 없는데 승리에서 살아남는다는 것은 그 중력을 이기고 버티는 것임을 말하고 있다. 이렇듯 산다는 것은 중력을 견디는 것이다. 이 중력을 견디기 위해 우리 모두는 낮은 곳에 살고 있다. 아무리 초고층 아파트에서 살고 더 높은 빌딩에서 직장 생활을 한다고 해도 우리가 서 있는 곳은 항상 바닥이고 그 모든 것은 땅 위에 서 있을 뿐이다. 우리는 중력의 힘을 거스르며 살 수는 없다. 다만 버티며 견딜 뿐이다.

그럼에도 불구하고 우리는 높은 곳을 지향한다. 더러 자신이 바닥을 벗어나 더 높은 곳에 서 있다고 믿고 있다. 하지만 그 누구도 바닥을 훌쩍 뛰어올라 하늘에 서 있을 수는 없다. 인간은 모두 바닥을 기는 존재일 뿐이다. 이 바닥에 있다는 사실을 망각할 때 인간은 오만해지고 이른바 '갑질'을 하며 자기보다 낮은 사람을 능멸한다. 반대로 낮은 곳을 인식할 때 사람은 겸손해지고 성찰적이 되고 다른 존재를 존중하는 관용을 알게 된다. 기독교에서 하나님이 낮은 곳에 임하고, 부처가 가장 낮은 자세로 가부좌를 틀고 있는 것도 어쩌면 이 때문인지 모른다.

2. 부감의 시선

황종권의 시들은 바로 이 낮은 곳을 지향한다. 그의 시선은 아래를 향해 있고 모든 존재가 근거하고 있는 바닥을 보고 있다. 그의 시들이 보여준 이미지는 부감으로 촬영된 영상을 닮아있다.

바닥이 일제히 각을 세우자, 무릎이 예리하게 빛났다

무릎이 칼끝에 가까워지면
피를 쏟고 싶어 장미를 쥐었다
장미는 꺾이도록 아름다운 계단이었나

관절이 뜨거워질 때마다 가시가 뻗어나갔다

핏발 선 노을이 허기 가득한 비문을 새길 때까지
가시는 끝없이 뻗치고
당도할 곳이 없어 각을 세우는 바닥,
목을 겨누는 칼이었다가
부들거리는 계단이었다가
혼 빠진 오르간이었다가
죄다 가시덤불이 되고 있었다

검붉게 익어가는 저녁을 걸어보았다
헛것이 낭자한 구름이 백태가 낀 달빛이
가시덤불에 뒤엉키고 있었다. 가시덤불 따위
한낱 구겨진 종이 뭉치에 지나지 않는다고
칼끝이 반짝였지만
무릎이 꺾인 저 가시덤불이 왠지,

장미가 준 바닥이었다
                    —「장미가 준 바닥」 전문

　시인은 장미를 두고 "아름다운 계단"이라고 표현하고 있
다. 그것은 우리로 하여금 상승을 생각하게 만들기 때문이
다. 장미는 화려함과 그 화려함을 보장하는 어떤 삶의 수준
을 상징한다. 그래서 사람들은 장미꽃으로 사랑을 표시하
거나 장미꽃 장식으로 자신의 삶을 치장한다. 장미꽃은 지

금의 내가 아닌 다른 어떤 존재로 만들어 줄 수 있다는 기대를 선사하기 때문이다. 하지만 시인의 시선은 장미꽃에 가 있지 않다. 시인은 고개를 숙여 장미꽃 아래 "무릎이 꺾인 저 가시덤불"을 보고 있다. 장미를 피어올린 가지들의 노고와 그것을 보호하기 위해 돋아있는 가시덤불의 처절함에 눈이 가 있는 것이다.

이렇듯 황종권 시인의 시들은 부감의 시선을 보여준다. 부감으로 세상을 보았을 때 세상은 왜소해 보이고 나약해 보인다. 흔히 영화에서 희생자의 모습을 부감으로 촬영하는 이유가 바로 여기에 있다. 그의 시에 낙하하는 것과 비의 이미지가 많이 등장하는 것도 바로 이 때문이다.

> 제단에 내리는 비는
> 상스러운 질문을 받아 적기도 하지만
> 멸시할 수 없는 징후가 축축해
> 눈동자에 고이기도 한다
>
> 우리는 잉크 한 방울로 점을 치는 무당들
> 치성드릴 문장이 없어도
> 눈물과 곡과 춤을 가진 긴 여백
> 함부로 물들지 않는다
> 젖지 않는 수식을
> 신의 이마에 떨어뜨려 본다
> 불현듯 빗소리가 어두워지고
> 보이지 않는 것이 그림자를 드러내는 저녁

묵시가 된 눈빛이 번지는 중이다
점괘에 대해 발설하려는 자들은
텅 빈 책이 되거나 헛것이 되고
동공이 풀리는 주술이 오고 있다

비,
훌쩍거리는 믿음으로
운명도 지울 것 같은 비,
구름을 숭배하는 우리는
아무도 울지 않았지만
이슬보다 투명한 눈물점을 가지게 되었다

—「주술적 비」 전문

　제단에 떨어지는 비를 바라보고 있다는 것만으로도 독특
한 시인의 상상력을 느낄 수 있다. 제단은 높은 곳을 위한
시설이다. 신이나 초월적인 존재들을 위해 만든 것이고 그
것을 통해 인간들은 더 높은 곳에 있는 어떤 곳에 도달하고
자 소망한다. 하지만 시인은 이 제단을 통해 그 높고 초월
적인 존재들을 생각하는 것 대신 중력에 의해서 아래로 떨
어질 수밖에 없는 빗방울을 바라보고 있다. 더 나아가 시인
은 "젖지 않는 수식을/ 신의 이마에 떨어뜨려 본다"고 하여
신마저도 바닥에 내려와 있다고 생각하고 있다. 때문에 "구
름을 숭배하는 우리"라는 대목에서처럼 상승이나 초월을 꿈
꾸는 것은 구름처럼 덧없는 것이 된다. "주술적 비"라는 제

목에서처럼 주술은 하늘을 향하고 상승을 꿈꾸는 데에 있지 않고 낮은 곳에 살 수밖에 없는 우리의 슬픔을 달래주는 하강하는 비에 있다는 것이다. 시인이 부감의 시선으로 아래와 바닥을 보는 이유는 바로 여기에 있다.

굽은 등을 둘둘 말아

바닥을 둥글게 안고 싶어라

고양이는 높은 곳에서 떨어져도 죽지 않겠지?

주름이 뭉친 자리

줄무늬 고양이가 털을 핥고

나이가 짐승이니 짐승이 세월이니

담을 쌓으며 담을 오르는데

아아, 왜 오르지도 않았는데 무릎이 먼저 녹는 걸까

입가에 흘러내리는 흰죽

왠지 썩는 냄새가 가장 안전한 낙법 같고

　　　　　　　　　　　　　　　　　　—「낙법」전문

시인이 고양이를 부러워하는 것은 그의 낙법 때문이다. 그런데 시인은 왜 낙법을 꿈꿀까? 그것은 두려움 때문이다. 바닥을 본 사람은 항상 두려움을 느낀다. 누구나 넘어지고 떨어지고 미끄러져 바닥과 수평이 되는 것에 두려움을 가지고 있고 이러한 두려움이 우리 사회에는 상존하기 때문이다. 다시 말하면 그것은 사회적 추락의 공포다. 실업자가 된 가장이나 계속해서 취업에 실패한 젊은이가 스스로 생을 마감하고 정리해고된 노동자들이 스트레스로 병이 들어 사망하는 것은 이 모든 추락의 비극을 잘 말해 준다. 그래서 시인은 추락해도 안전한 낙법을 갈망한다. 하지만 가장 안전한 낙법을 "썩는 냄새"라고 표현하고 있다. 그것은 사회에서 매장되는 것이고 사회적 무능력자가 되는 것이고 바로 죽는 것이기도 하다. 이것이 가장 안전한 낙법이라는 것은 그만큼 우리 사회에는 추락이 만연하고 있는 것이라는 점을 시인은 역설적으로 표현하고 있다.

이렇듯 부감의 시선으로 아래를 볼 때 우리 사회는 고통과 슬픔이 상존하는 사회이다. 모두가 바닥을 벗어나 상승을 꿈꿀 때 바닥은 추락의 공간이 되고 상승은 항상 하강과 추락의 위험과 공포를 가질 수밖에 없다. 그것을 잊기 위해 자기보다 낮은 곳에 위치한 존재들을 착취하고 억압하는 것으로 이 공포를 잊거나 달랜다. 갑질은 이렇게 해서 생겨난다. 황종권 시인은 이 추락의 공포를 기꺼이 바라봄으로써 그 추락하고 바닥에 내려가 있는 존재들의 슬픔을 감싸 안는다. 그의 시가 강인한 언어로 슬픔을 부정하고 있지만 그럼에도 섬세한 따뜻함을 잃지 않는 이유는 바로 이 때문이다.

3. 자세의 아름다움

바닥에 서야 하는 존재, 그러면서 중력을 이겨야 하는 존재에게 가장 필요한 것은 자세이다. 자세는 그의 생존을 결정하는 것이기도 하지만 또한 그에게 자존감과 함께 스스로의 아름다움을 지켜주는 것이기도 하다. 자세를 잡지 못할 때 우리는 죽거나 아니면 너절해 진다. 황종권 시인은 언어를 통해 이 자세를 지키고자 한다.

　　나는 옥탑이 새라고 믿는 천진한 사람
　　깃털이 허공의 뿌리라고
　　구름에 은둔하는 사람
　　두 발을 땅에 묻고 싶어
　　이리저리 나부끼는 사람

　　오늘도 아파트 시세는 또 최고가를 때리고
　　비트코인은 바닥을 때렸다지
　　누군가는 죽었고 누군가는
　　대출을 받으러 제 신용등급을 까발린다

　　눈 뜬 채로 한강을 건너며 나는

우리가 있을 곳을 둥지라고 읊조렸지만
이자와 월세와 보증금으로
더 뚜렷하게 뭉개진 재개발 지구를 본다

저기가 나의 둥지였던가, 바람과 구름과 비를
은유의 집 안에 가두었던가 나는
당분간 아름다운 시를 쓰지 않을 것이므로
땅에 질질 끌려가는 중력을 느끼며
비정규직으로 출근을 한다
                            ―「둥지가 없는 것들」 전문

　시인은 이 땅에서 뿌리 뽑힌 사람들을 보여주고 있다. "옥
탑을 새라고 믿"고 "깃털이 허공의 뿌리라고" 생각하며 "구
름에 은둔"하는 사람들은 사실 도사처럼 초월적인 것을 추
구하는 사람이 아니라 지상에 거처를 마련하지 못해 부유하
는 삶을 살 수밖에 없는 사람들이다. 집이 없어 자유로운 것
이 아니라 "월세와 보증금"이라는 자본의 힘에 묶여 "땅에
질질 끌려가는 중력을 느끼며" 살아야 하는 사람들이다. 하
지만 시인은 이들이 결코 절망하거나 스스로의 삶을 포기하
는 비극적 파멸로 끝나리라 생각하지 않는다. 한없이 부박
한 존재들이지만 그들은 결국 살아나가리라 믿는다.

　피가 마르는 배롱나무, 그늘을 켜고 있다

나이테는 빗소리로 그려진 텅 빈 금관악기
비는 나무 안쪽을 짚어보려
이목구비 없는 얼굴을 두드린다
맑았다 어두워지는 빗소리
이내 서 있는 나무 우산에 잠긴다

우산은 죽어서도 피가 돈다는 묘혈,
꽃이 아닌 내부를 불태우는 것인데
죽어가는 비는 잡힐 대로 잡히는 허공을 적시며
봄이 그렇듯
오랫동안 그늘을 뜯는다, 악기처럼

어떤 비는 투명한 지붕을 쓰기도 하지만
비, 비가 받아 적는 문장은 흙탕물만 탕진 중이다

젖고 싶었다
쏟아지는 자세로 뿌리를 내리고 싶었다
그늘이 붉었다가 아예 타들어 가는 자리를
여름이라 불렀다
매미가 죽어, 검은 머리가 마를 때까지
비는 들추기 위해 그늘을 들이켠다

해가 떴다, 몇 년 동안의 우기에도
피가 마르는 여름이 죽지 않는다
　　　　　　　　　　　　　—「죽지 않는 여름」 전문

"죽지 않는 여름"이란 결코 사라지지 않는 여름날의 더위의 고통에 대한 비유이다. 그렇기 때문에 시인은 그늘과 쏟아지는 비를 그리워한다. 그런데 시인에게는 쏟아지는 비 자체보다도 "쏟아지는 자세로 뿌리를 내리고 싶었다"에서처럼 자세가 중요하다. 쏟아지는 자세는 중력에 의해 바닥으로 떨어져야 하지만 그것은 수직으로 서 있는 자세이기도 하다. 바로 이 수직으로 꼿꼿하게 서 있는 자세로 삶의 뿌리를 내리면서 아무리 여름날의 한낮 더위처럼 삶의 고통이 크더라도 자신의 자존심을 포기하지 않아야 하겠다는 것이다.

자세를 잡는다는 것은 버틴다는 것이고 그것은 외압에 굴복하지 않고 자신의 존재를 유지하고 있는 힘을 가진다는 것을 의미한다. 이러한 자세를 유지하지 못할 때 존재는 소멸한다. 다음 시가 이 소멸의 공포를 보여 준다.

사막의 여행자는 발이 사라진다고 했다 죽은 새에서 뜯긴 허공이 쏟아져 나올 때, 지명이 있다고 믿겠지만,

여행자는 무릎을 꿇고 낙타가 죽은 묘비 앞에서 돌을 세워놓는다

사막에서는 미신이 하나의 감정이 되고
신비롭게도 여행자는 풍경에 사로잡히지 않는다

풍장되는 뼈를 보고 아름다운 고함을 지른다 그 고함은

사실, 죽음을 잊기 위한

   자세다 아니다 목소리가 사라질까 봐 뻗어가는 가시다
선인장이 사막을 옮기듯이 여행자는 자기의 내면을 옮긴다

   내면 어디엔 낙타가 있겠고 내면 어딘가엔 오아시스를
파는 모래쥐도 있을 것이다

   다만, 어떤 여행자도 사막을 무덤이라고 부르지 않는다
                                    —「어떤 여행자」 전문

   공포 중에 가장 큰 공포는 사라질지 모른다는 공포이다.
시인은 소멸에 대한 공포를 "발이 사라질 것이다"라고 말하
고 있다. 사라지는 것 중에서 발이 사라진다는 가장 두려
운 공포이다. 왜냐하면 그것은 자신이 남기려는 발자국까
지 없애 버리는 철저한 소멸을 말해 주기 때문이기도 하지
만 무엇보다도 자세를 잡고 세상을 버텨나갈 근본적인 수
단을 상실하는 것이기 때문이다. 그럼에도 시인은 그러한
사막의 여행을 "무덤이라고 부르지 않는다". 사막을 여행한
다는 것 자체가 죽음을 잊기 위한 자세이고 또한 내면의 목
소리를 내고자 하는 선인장의 가시와 같이 자신의 존재 확
인을 위한 노력이라고 생각한다. 그러므로 이 시에서 말하
고 있는 사막의 여행은 가장 크게 다가오는 죽음에의 고통
앞에서도 자세를 잃지 않으려는 시인의 처절한 노력에 대
한 상징이다.

시인은 그 의연함을 다음과 같이 표현하고 있다.

방 모퉁이마다 손금이 번져 나왔습니다. *그게 우리 운명이야.* 못을 박기 위해 오빠는 망치를 들었습니다. 나는 오빠보다 한 뼘 더 자라기 위해 뒤꿈치를 들고, 사실은

발레리나의 흰 발목들을 버리고 있었습니다. 오빠라는 감정을 알기 위해 나는 더 오빠가 되고 손바닥을 비비면 미리 예감하는 주름이 쏟아지고

벽을 칩니다. *그게 네 벽이야.* 벽을 칩니다. *그게 네 병이야.*

입술을 파랗게 만드는 색소 사탕을 물면 어른이 될 것 같은데 벽지에 낙서를 하면 운명을 망칠 것도 같은데 왠지

박수 치는 소리가 들려왔습니다. 흰 발목들이 벽에서 튀어나와 못 박는 소리로 늙어가고 있었습니다.

벽이 물고 있는 못들은 일제히 휘어가고, 오빠는 설 때에도 옆구리를 세웠습니다. 나는 오빠를 도둑발로 넘어 다닌다고 자주 혼났습니다. 사실은

빈 액자들을 벽에 걸어두고 싶었습니다.
미리 살아버린 벽들을 이젠 다
자세, 라고만 불러주고 싶었습니다.
—「벽의 자세」 전문

여기에서 벽은 가로막는 장애의 상징이 아니라 모든 서 있는 것들의 상징이다. 서 있다는 것은 앞서도 여러 번 지적했듯이 견딘다는 것이다. 이렇게 견디고 섰을 때 벽에 못을 박아 액자를 거는 것처럼 삶의 다양한 기쁨과 아름다움을 만들어 나갈 수 있다. 뒤꿈치를 들거나 발레리나들이 흰 발목을 버리는 것은 모두 벽처럼 수직으로 서는 것에 대한 연습이고 노력이다. 그래서 오빠는 "쉴 때에도 옆구리를 세워" 쉬고 있다. 그렇게 해서 모두 서 있고 견디며 살아가고 자신을 지키며 버티고 있다. 바로 그것을 시인은 "자세"라고 부른다. 이 자세를 유지할 때 우리는 발레리나처럼 아니면 뒤꿈치를 든 어린 소녀처럼 아름다울 수 있다. 그러기 위해서는 발가락에 힘을 주어야 한다.

뿌리를 헤아려
발끝을 세우는 나뭇가지

열매나 꽃을 부리기도 하지만
햇살에 제 이름을 다치기도 하지

나는 그늘로
꽃잎의 목발이라도 되고 싶었지만
절름발이로 떠도는 계절이 되고 있었지

육체를 버티려고 흙을 움켜쥘 때
바닥을 꿈틀거리게 하는 발가락,

육체에서 가장 먼 정신이
가망 없는 걸음을 빌려
길을 내고 있었으니

당분간 적어둔다
가난하여 밑을 보이는 날이 많았으나
바닥은 언제나, 잃어버린 발자국으로
봄빛을 틔우기 직전이다
—「발가락에 힘을 줄 때」 전문

발끝을 세우고 선다는 것은 힘들고 불안한 자세이다. 굳
건히 뿌리박고 자리 잡은 나무를 보면서도 이런 불안한 "육
체를 버티려고 흙을 움켜"쥔 치열한 자세잡기의 노력을 생
각한다. 황종권 시인이 자신의 시에서 끝까지 지키고자 하
는 것은 이 불안한 그러나 항상 살아있음을 느끼게 하는 이
자세의 아름다움이다.

4. 맺으며

황종권 시인의 시들은 우리 사회에서 느끼는 두려움의
근원을 보여 준다. 그 공포는 뿌리 뽑히고 쓰러지는 것에
대한 두려움이다. 삶을 살아가면서 우리는 밥을 먹듯 이
쓰러짐을 경험한다. 지금 우리 사회를 지배하고 있는 정

서는 바로 이 쓰러짐과 추락에 대한 두려움이라 해도 틀린 말은 아니다.

하지만 사회는 이 공포를 줄여 주지 못하고 있다. 어쩌면 사회적 삶이 우리를 더 공포로 몰아넣고 있다. 알 수 없는 어떤 힘이 우리 자신들의 삶을 결정하고 그것으로부터 누구도 나를 보호할 수 없다는 생각을 갖게 만들고 있다. 이러한 두려움은 생존욕구만을 불러일으키기 때문에 도덕도 윤리도 다른 사람에 대한 연민 같은 많은 가치를 없애 버린다. 우리 사회에 무도덕 무감각 몰염치가 만연하는 것도 이와 무관하지 않다. 이른바 '갑질 문화'도 이와 무관하지 않다.

예민한 시인들에게 공포는 더 공포스럽게 다가올 것이다. 그들은 보통 사람이 보지 못한 사회적 징후들을 포착하고 그것이 가져올 삶의 영향을 누구보다도 예리한 감각으로 미리 느낄 수 있기 때문이다. 그러나 또 한편, 말장난 같기도 하지만, 시인은 두려움을 두려워하지 않는 존재이다. 두려움을 애써 표현하고 두려움에 맞서 그 두려움의 실체를 끝까지 찾아가려는 존재이다. 황종권 시인은 이 쓰러짐의 공포를 낮은 곳을 바라보는 연민의 시선과 어떤 상황에서도 균형을 잃지 않고 수직으로 버티려는 자세의 미학으로 극복하고 있다.